熊寶寶趣味
階梯閱讀

5至6歲

捉蝴蝶

U0105898

新雅文化事業有限公司
www.sunya.com.hk

熊寶寶趣味階梯閱讀（5 至 6 歲）

捉蝴蝶

作　　者：譚麗霞

繪　　圖：野人

責任編輯：黃花窗

美術設計：陳雅琳

出　　版：新雅文化事業有限公司

　　　　　香港英皇道 499 號北角工業大廈 18 樓

　　　　　電話：（852）2138 7998

　　　　　傳真：（852）2597 4003

　　　　　網址：http://www.sunya.com.hk

　　　　　電郵：marketing@sunya.com.hk

發　　行：香港聯合書刊物流有限公司

　　　　　香港新界大埔汀麗路 36 號中華商務印刷大廈 3 字樓

　　　　　電話：（852）2150 2100

　　　　　傳真：（852）2407 3062

　　　　　電郵：info@suplogistics.com.hk

印　　刷：中華商務彩色印刷有限公司

　　　　　香港新界大埔汀麗路 36 號

版　　次：二〇一七年七月初版

ISBN: 978-962-08-6836-8

導讀

　　《熊寶寶趣味階梯閱讀》系列的設計是用簡短生動的故事，幫助孩子識字及擴充詞彙量，並從中學習簡單的語法及日常生活常識。這輯的故事是專為五至六歲的孩子而編寫的，這個階段的孩子已經可以獨立閱讀圖文並茂的圖書，但仍建議父母多跟孩子共讀與討論。除了從閱讀中學好語言之外，更可以由故事的內容對孩子作一些行為與品德方面的引導。

語言學習重點

　　父母與孩子共讀《捉蝴蝶》時，可以引導孩子多學多講，例如：

❶ **認識有關方向和空間的詞語**：東、南、西、北、高、低。

❷ **學習其他昆蟲的名稱**：問問孩子喜歡哪些昆蟲，討厭哪些昆蟲，並學會那些昆蟲的名稱。

親子閱讀話題

　　鼓勵孩子從小就廣泛閱讀的方法之一，是延伸閱讀一些跟他剛讀過的內容相關的題材。例如這個故事提到東南西北的概念，就可以給孩子介紹這一首漢朝的古詩：江南可採蓮，蓮葉何田田。魚戲蓮葉間，魚戲蓮葉東，魚戲蓮葉西，魚戲蓮葉南，魚戲蓮葉北。

　　孩子的記憶力是很強的，若有適當的引導，五、六歲的孩子會背幾十首古典詩詞，並不罕見。他們在這個年齡背誦下來的詩詞，是一輩子都不會忘記的。等到他們以後作文時，可能自然而然地引用一些詩詞名句，讓老師們讚歎不已呢！

譚麗霞

xióng bǎo bao hé xióng huā huā zài sēn
熊寶寶和熊花花在森
lín li yì qǐ wán
林裏一起玩。

xióng huā huā shuō kàn nà
熊花花説：「看，那
biān yǒu yì zhī piào liang de hú dié
邊有一隻漂亮的蝴蝶！」

xióng bǎo bao shuō　　　　wǒ qù zhuā tā
熊寶寶說：「我去抓牠！」

hú dié fēi dào dōng
蝴蝶飛到東，
xióng bǎo bao zhuī dào dōng
熊寶寶追到東。

6

蝴蝶飛到西，
熊寶寶追到西。

hú dié fēi dào nán
蝴蝶飛到南，
xióng bǎo bao zhuī dào nán
熊寶寶追到南。

hú dié fēi dào běi　xióng bǎo bao zhuī dào běi
蝴蝶飛到北，熊寶寶追到北。

hú dié yí xià zi gāo fēi　　yí xià zi dī fēi

蝴蝶一下子高飛，一下子低飛。

xióng bǎo bao zěn me zhuī yě zhuī bú shàng
熊寶寶怎麼追也追不上。

xióng huā huā shuō　　　　bié zhuī
熊花花說：「別追
le　　bié zhuī le　　wǒ men wán zhuō
了，別追了！我們玩捉
mí cáng ba
迷藏吧！」

熊寶寶說：「好啊！我會
躲在東邊、西邊、南邊、北邊，
你不會找到我的！」

北
西 東
南

熊花花説：
「不管你躲在東
邊、西邊、南邊、
北邊，我都一定會
找到你！」

To Catch a Butterfly

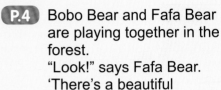 Bobo Bear and Fafa Bear are playing together in the forest.
"Look!" says Fafa Bear. 'There's a beautiful butterfly!"

P.5 "Let's catch it!" says Bobo Bear.

P.6 The butterfly flies to the east. Bobo Bear chases it to the east.

P.7 The butterfly flies to the west. Bobo Bear chases it to the west.

P.8 The butterfly flies to the south. Bobo Bear chases it to the south.

P.9 The butterfly flies to the north. Bobo Bear chases it to the north.

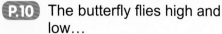 The butterfly flies high and low…

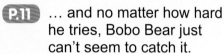 … and no matter how hard he tries, Bobo Bear just can't seem to catch it.

P.12 "Let's stop chasing it," Fafa Bear says. "Let's play hide-and-seek instead!"

P.13 "Alright," says Bobo Bear. "I'm going to hide in the east and in the west; in the south and in the north. You will never find me!"

P.14 ---

P.15 "No matter where you hide," says Fafa Bear, "in the east or in the west; in the south or in the north - I will surely find you!"

★ 語文活動 ★

親子共讀

1 講述故事前，爸媽先把故事看一遍。

2 講述故事時，引導孩子透過插圖、自己的相關生活經驗、故事中的重複句式等，來猜測生字的意思和讀音。

3 爸媽可於親子共讀時，運用以下的問題，幫助孩子理解故事，加深他們對新字詞的認識；並透過故事當中的意義，給予他們心靈的養料。

建議問題：

封　面：從書名《捉蝴蝶》，猜一猜熊寶寶能不能捉到蝴蝶。

P. 4-5：森林裏的蝴蝶是怎樣的？為什麼熊寶寶要去捉蝴蝶？

P. 6-7：東邊是什麼地方？西邊是什麼地方？

P. 8-9：南邊是什麼地方？北邊是什麼地方？

P. 10-11：為什麼熊寶寶沒法捉到蝴蝶？

P. 12-13：熊寶寶和熊花花玩捉迷藏，哪個負責捉人？哪個躲藏起來？

P. 14-15：猜一猜熊花花能不能找到熊寶寶。

其　他：你喜歡玩捉迷藏嗎？怎樣躲藏才不會被人發現呢？怎樣找才會找到人呢？

　　　　你能在家中看到太陽出來嗎？你能在家中看到太陽下山嗎？你家的東邊、南邊、西邊和北邊分別是怎樣的呢？

4 與孩子共讀數次後，請孩子以手指點讀的方式，一字一音把故事讀出來。如孩子不會讀某些字詞，爸媽可給予提示，協助孩子完整地把故事讀一次。

5 待孩子有信心時，可請他自行把故事讀一次。

6 如孩子已非常熟悉故事，可把故事的角色或情節換成孩子喜愛的，並把相關的字詞寫出來，讓他們從這種改篇故事中獲得更多的閱讀樂趣，以及認識更多新字詞。

識字活動

請撕下字卡，配合以下的識字活動，讓孩子掌握生字的字形、字音和字義。

指物認名：選取適當的字卡，將字卡配對故事中的圖畫或生活中的實物，讓孩子有效地把物件及其名稱聯繫起來。

★ 字卡例子：森林、蝴蝶、東

動感識字：選取適當的字卡，為字卡設計配合的動作，與孩子從身體動作中，感知文字內涵的不同意義，例如：情感、動作。

★ 字卡例子：抓、不會、低飛

字源識字：選取適當的字卡，觀察文字中的圖像元素，推測生字的意思。

★ 字卡例子：蝴蝶，同屬「虫」部；低飛的「低」字，屬「人」部

字形：像長蟲的形狀。（象形）
字源：蟲婉曲擺動，頭部畫得稍大，用以區別尾部。後來把身體分成一豎一橫、尾部變成一點「㠯」的寫法，頭部寫成橫長方形的「口」。（注：虫原來是「虺」字，音毀，毒蛇的一種。現已借用作昆蟲的通稱、「蟲」字的簡寫，讀音反變成「松」了。）

字源識字：虫部

句式練習

準備一些實物或道具，與孩子以模擬遊戲的方式，練習以下的句式。

句式：＿＿＿一下子＿＿＿＿，一下子＿＿＿＿。
例子：弟弟一下子哭，一下子笑。真叫人摸不着頭腦。

字形：像人側身站立時的樣子。（象形）
字源：最初，頭、手和足都會全部畫上，漸漸把手、足的部分簡化來畫；後來又簡化頭部，再將頸的部分連着手臂來寫，於是變成了現在一撇一捺「人」字的寫法。偏旁可寫成「人」或「亻」。

字源識字：人部

識字遊戲

　　待孩子熟習本書的生字後，可使用字卡，配合以下適當的識字遊戲，讓孩子從遊戲中溫故知新。

同音挑戰：參考孩子已學會的字，選取一些字卡放在神秘袋內，例如：「抓」、「牠」，請孩子抽出一張字卡，然後在白卡上寫上與該字卡同音或近音的字，最後説一説這些同音字或近音字在字義上的分別。

小貼士 爸媽可進一步用口語創作一些有趣的句子，使孩子對同音或近音不同義的字有更深刻的印象，例如：利用「找」和「抓」字創作「我抓着頭來找你」。

盲人寫字：選取一些字卡，然後請孩子閉上眼睛，並牽引孩子的手指在其中一張字卡上模擬寫字，請孩子猜猜字卡上的文字是什麼，從遊戲中複習字形。

小貼士 遊戲初期可先縮小範圍，提供數張字卡給孩子看，然後才進行遊戲。也可直接在孩子的手掌模擬寫字。

找找看：把字卡放在家居的不同位置，請孩子找出來，並説一説他在什麼地方找到什麼字卡，例如：我在枕頭下找到「蝴蝶」字卡，讓孩子從遊戲中學習有關方向和空間的詞語。

小貼士 遊戲初期，可設定一個較小的收藏範圍及較少量的字卡，讓孩子能較易找到。

森林

捉蝴蝶

蝴蝶

捉蝴蝶

東

捉蝴蝶

西

捉蝴蝶

南

捉蝴蝶

北

捉蝴蝶

東邊

捉蝴蝶

西邊

捉蝴蝶

南邊

捉蝴蝶

北邊

捉蝴蝶

不會

捉蝴蝶

抓

捉蝴蝶

飛到

捉蝴蝶

高飛

捉蝴蝶

低飛

捉蝴蝶

捉迷藏

捉蝴蝶

躲在

捉蝴蝶

找到

捉蝴蝶

追到

捉蝴蝶

漂亮的

捉蝴蝶

一定會

捉蝴蝶

牠

捉蝴蝶

一下子

捉蝴蝶

怎麼

捉蝴蝶